流れ星

たかはしけいこ 詩集

織茂恭子・絵

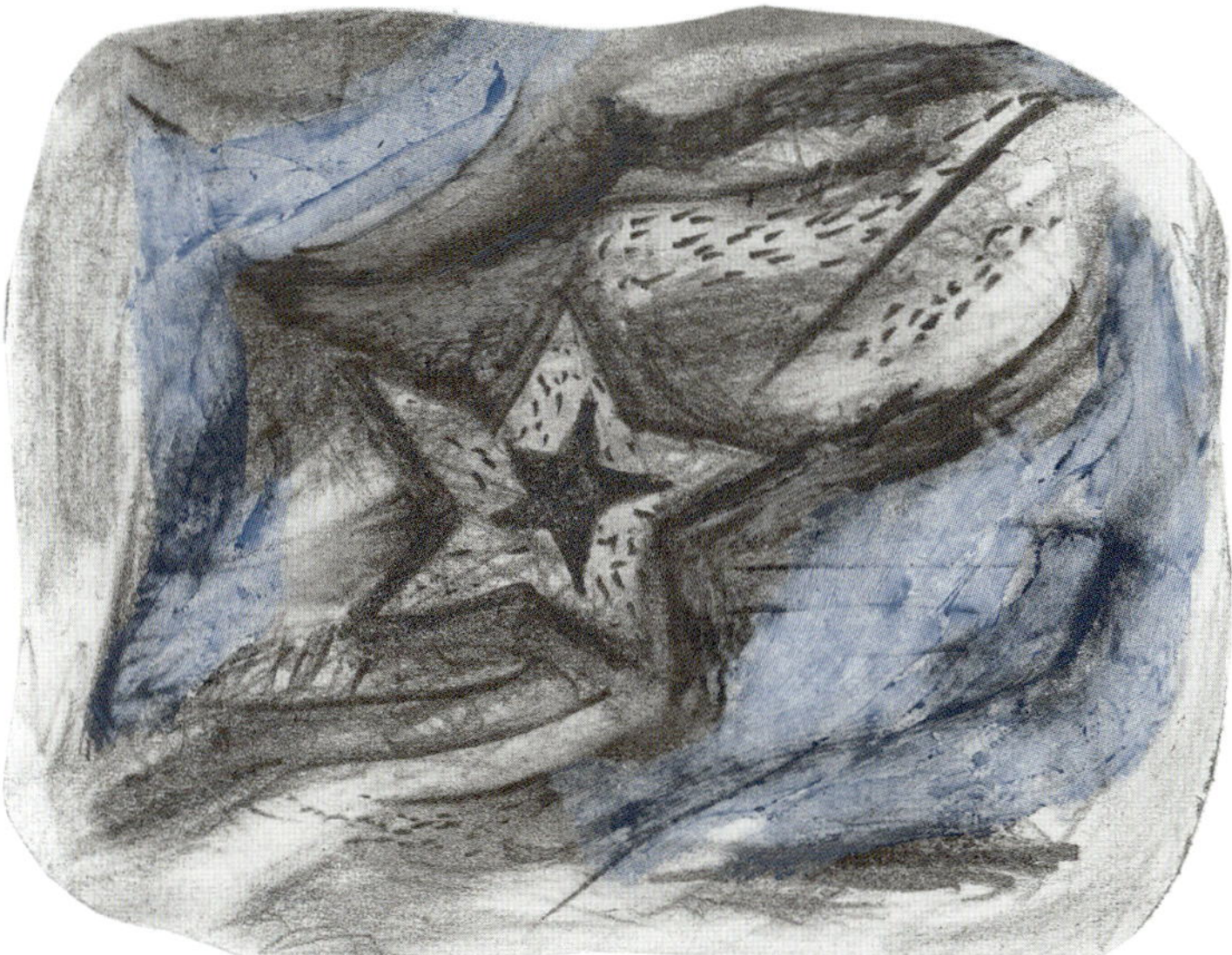

JUNIOR POEM SERIES

童女の〈貴会詩〉

森　忠明

「詩はすべて機会詩でなくてはならない」とゲーテは言ったが、たかはしけいこの詩の多くは童女の〈貴会詩〉もしくは〈稀会詩〉である。

童女がさまざまの一会《いちえ》に瞳をこらし、それらを「貴」と独覚しないまま、ただ微笑みながら振りむいた至純の時――そしてそのことを半世紀後の童女・たかはしけいこが秘術的に再現してみせたこの詩集は、がんこな実証主義者や何もしない教養主義者などに、かれらが亡失した貴いものどもを暗示通報し、まだいささかの脈ある人々を感動させることだろう。

初秋、この詩集を初めて読んだ日。造形作家・友永詔三《ともながあきみつ》氏が木彫作品を我が家に運んでくれたことも、偶然とは思えなかった。なぜなら、氏の代表作「聖少女」たちの立像群こそが、たかはしけいこの詩を最も善く現しているように思えたからだ。

「詩の童女」と「木彫りの聖少女」は、大人をあわれむためにあるのではなく、うるわしき新世代の跫音《あしおと》を、静かに信じて待っているのである。

もくじ

序文　森　忠明

Ⅰ

ちいさなこ

赤んぼう　8
気球《ききゅう》　10
ちいさなこ　12
かなしい目　14

Ⅱ

七夕《たなばた》の伝説《でんせつ》を信じていたころ

七夕の伝説を信じていたころ　18
稲妻《いなずま》　20
秋　22
流れ星　24
白鳥　28

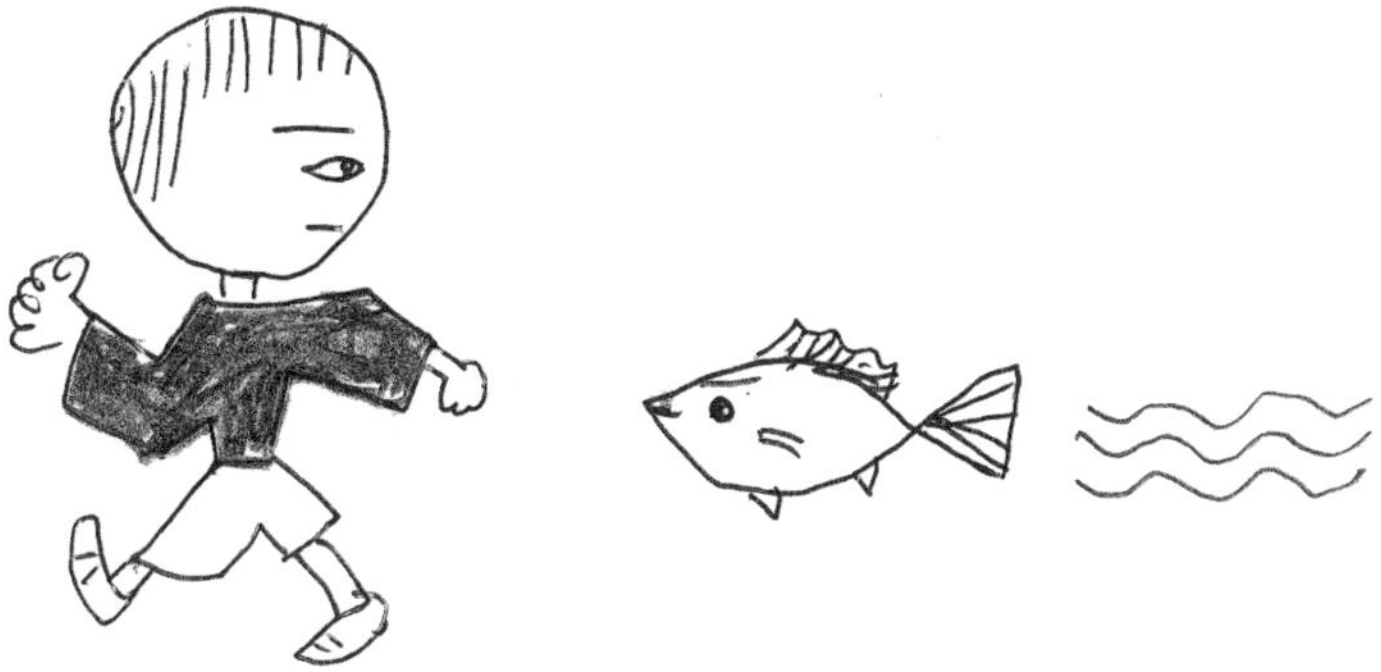

V　レイコちゃん

I ちいさなこ

赤んぼう

みんな　みんな
はじめは
赤んぼうだった

ながい　いのちの
旅のとちゅうで
花のように　生まれた

争うことや　にくむこと
何もしらない
赤んぼうだった

花のような　こころだけが
小さな　息をしていた

気球《ききゅう》

一人乗《ひとりの》りの
気球に乗っている

赤ん坊のときに
小さな花束《はなたば》と
神さまの息《いき》をもらって

空に
気球が浮《う》かんでいる
ひしめきあって浮かんでいる
少しずつ　のぼりながら
少しずつ　きえながら

ちいさな こ

ちいさな こが　ないている
ちいさな　からだで
せいいっぱい

「おかあさんの　ばか」
「おかあさんなんか　きらいだ」

きいていた　わたしは
なみだが　こぼれた

おおきくなった　わたしには
そのこのさけびが　きこえるからだ
「おかあさんが　すきだ」
「おかあさんが　だいすきだ」
なみだで　ぐしょぐしょになるほど
しゃくりあげるほど
おかあさんが　すきなんだよね

かなしい目

かなしい目をした
少年たちがいる

はむかっても
届かない心を
風の中に
さらしたまま

孵《かえ》る卵のように
手の中で重《おも》る
小さな心を

自分自身　気づかないから
少年たちは
かなしい　美しい
目に　なる

Ⅱ

七夕《たなばた》の伝説《でんせつ》を信じていたころ

七夕《たなばた》の伝説《でんせつ》を信じていたころ

七夕の伝説を信じていたころ
わたしはどこにいたのだろう

里芋《さといも》の葉の上の露《つゆ》を
注意深《ちゅういぶか》く集《あつ》め
墨《すみ》をすった

短冊《たんざく》につけるこよりを
丹念《たんねん》によった

笹《ささ》の葉ずれの音を
聞きながら眠《ねむ》った

薄墨《うすずみ》のように
淡《あわ》すぎる自分が
自分自身で見えなかった

七夕の伝説を信じていたころ
わたしは未来《みらい》にいたのかもしれない
幼《おさな》いわたしは
わたしのぬけがらであったのかもしれない

稲妻《いなずま》

青白《あおじろ》い尖《とが》った光が
どの窓からも射《さ》しこんで

それぞれの四角い窓の中で
おとなや子どもが
それぞれの　ほほに
青白い光を受けて

暗《くら》い夜の空の水辺《みずべ》に
一瞬《いっしゅん》咲いて消え
また　一瞬咲いて消える
その冷《つめ》たい花は
何十億年《なんじゅうおくねん》も前から
空の　ほとりに
咲きつづけてきたのでしょう

秋

ススキの束《たば》を　かかえて
国道《こくどう》を行こう

車が一台も通らない
青い道路《どうろ》の
センターラインを
歩いていこう

夜になっても

歩いていこう

ススキの
銀色《ぎんいろ》の小さな花が
夜空《よぞら》じゅうに舞《ま》い散《ち》って
深い空に昇《のぼ》っていくまで

ただ
ひたすら
ススキの束を　かかえて
国道を行こう

流れ星

修学旅行の船の上だった
夜の闇《やみ》に
波の稜線《りょうせん》を幾重《いくえ》にも重《かさ》ね
緑色の薄絹《うすぎぬ》を広げた
夜光虫《やこうちゅう》を
私たちは見ていた

まだ十代の私たちは
人生の容量《ようりょう》など知らず

そこに立っている意味も
不思議《ふしぎ》も
考えず
夜光虫の帯《おび》を
感嘆《かんたん》とともに
ながめていた

港が近づき
街の灯《あかり》が
夜空の裾《すそ》に点滅《てんめつ》しはじめたとき

私たちは

中空《ちゅうくう》に
流れ星を見た

そのとき
私は
何を願ったのか

願ったところへ
今
歩いてきているのか

今の私を

あの船の上の少女は
許《ゆる》してくれるだろうか

青い石英《せきえい》のような
星を
私は今まで
心に浮かばせないで
来てしまったのではないか

白鳥

羽音《はおと》が聞こえたのだ

窓を開《あ》け放《はな》つと
あたりの草を薙《な》いで
今
白鳥が飛び立ったところなのだった
こんな夜更《よふ》けに
闇《やみ》の中に
何《なん》の必然《ひつぜん》があったのだろう

白鳥の必然
それは
飛び立つということ
眠《ねむ》っている夜の中に
たった一羽
飛び立つということ
このあくがれを
闇を突《つ》く白鳥を
私は

飼《か》いならしていやしまいか
天球《てんきゅう》にはりついた
静かな
標本《ひょうほん》のように

Ⅲ

虹《にじ》

小鳥

風で　ふくらんだ
レースのカーテンの　なかには
エメラルドいろの　小鳥が
すんでいる

谷間の　せせらぎのように
鳴いて
風と　あそぶ

風の　なかの
見えない　小鳥

とり

かぜに　のると
とりは
つばさを　ひろげたまま
そらを
すべる

いちばん　いいかぜを
からだに　うけて
いちばん　いいかぜに
からだを　あずけて

風

風の　はじまりは
どこだった？

とぎれることなく
流れてきた　風

いろんな　いのちを
なでて

いま
わたしの　ところへ

目を　つぶると
風の道

山の向こうの
ぶどう畑
いくつも　こえて

会津本郷《あいづほんごう》

——羽曽部《はそべ》 忠《ただし》の故郷《ふるさと》にて

あれは
何という色だろう
外界《がいかい》を隔《へだ》つベールのように
碧《あお》く連《つら》なる山々

盆地《ぼんち》を蓋《おお》う
高い空に
絹雲《きぬぐも》が湧《わ》き

なだらかな大地に
稲穂《いなほ》は実り
林檎《りんご》の実は
陽《ひ》に照《て》り映《は》える

人は穏《おだ》やかに笑《え》み
会津の土地を慈《いつく》しむ
その目に
少年《しょうねん》の面影《おもかげ》を見る

ゆっくりとした

時《とき》の流《なが》れの中《なか》に
こんなにも美《うつく》しく
人《ひと》は育《そだ》ち
こんなにも清《すが》しく
人は老《お》いる

土《つち》を愛《あい》した
その手《て》を見るとき
尊《とうと》いものは
私《わたし》たちを包《つつ》む世界《せかい》
この故郷《ふるさと》をおいて
ほかにないと

虹《にじ》

雨は降ったりやんだりした
晴れた空から
サーッと降ってきて
竹林《たけばやし》の葉を
いっせいに銀色《ぎんいろ》に変《か》え
無数《むすう》のしずくが
光をはねかえしていた

狐の嫁入りかもしれない

明るい空の雨の通るあたり
光線の中で
白い雲が踊《おど》っているあたり
白い狐の後《うし》ろ姿が
見えたような気がした

花巻駅《はなまきえき》から
ローカル線に乗った
窓の外は
ひと泳ぎしたような
集落と
一面の水田

「虹！」
友が叫んだ

広い水田の地平《ちへい》から
淡いスミレ色の空への
大きな虹のアーチ！

乗り合わせた者たちは
ほほえみを交《か》わし
車両の中に
涼やかな風が流れていった

私は虹を
胸にしまうように
大きく息を吸った

Ⅳ 海を見よう

歩く

あなたは
一緒《いっしょ》に
歩いてくれる

決して先に
歩いていったりしない

私が立ち止まったら
あなたも立ち止まる

風が
山から
静かに吹いてくる

二人で
風に吹かれて
ただ
立っている

丈の伸びた
蕗《ふき》の薹《とう》の先に

やわらかく
光が坐《すわ》っている

遠い青い山の
頂《いただき》の雪が
胸の芯《しん》にささってくる

一緒に歩く

そんな単純な
しかし
いちばん感謝すべきことを

あなたは
私に
してくれるのだ

海を見よう

あなたと
海を見よう

堤防《ていぼう》に立って
漁夫《ぎょふ》が
綱《つな》を巻《ま》いたり網《あみ》をたたんだり
日に焼《や》けたたくましい女が
行き交《か》うのを見よう

むせるような潮《しお》のにおいの中で
生活している人間を見よう

そして
堤防に立ちながら
私たちが行くべき場所を
考えよう

それは　けっして
美しい風景としての海ではなく
塵芥《じんかい》を飲み込む
修羅《しゅら》の海

それから
手をつないで
夕陽《ゆうひ》を見よう
照りかえす
血の色の
海を見よう

私たちがここに立っている
そのことの意味を
考えよう

今度旅に出たら
あなたと
海を見よう

波打《なみう》ち際《ぎわ》で

あなたが放《はな》った石が
水面《すいめん》を奔《はし》る
石は
ピッ、ピッ、ピッ…と
五回跳《は》ね上がり
そして
消えていった

石は空中を飛び

光を受け
光を砕《くだ》き
光を放ち
生命あるもののごとく
輝いた

広い海原《うなばら》の中の
一瞬の鋭《するど》い放物線《ほうぶつせん》が
私の脳裏《のうり》で
静止画像《せいしがぞう》をつくる

あなたも私も

そこから立ち去って
年老いてゆくけれど

あの放物線は
あの海原の空中に
貼《は》りついたまま

波にも
風にも
さらわれず
朽《く》ちることもなく

低《ひく》い宙《そら》のただ中に
ある
いつまでも…

すきま

そばにいないから
言葉だけが空回《からまわ》りする
抱きしめてもらえば
納得《なっとく》することが
日々の暮らしには
ごまんとある

心と心のすきまを埋《う》めるのは
決して言葉ではない

空と海のすきまを
埋めるように
向かい合って
お互いと
重なり合うしかない

こんな簡単な真理に
気づかないで
ふりまわされて
人は何度
すれ違うことだろう

すれ違って
それぞれの夕焼《ゆうや》けを仰《あお》ぐなら
何のために
出会ったのだろう

手をつないで
夕焼けを見ることが
暗黙《あんもく》の約束《やくそく》だったのに

陽《ひ》の高いうちに
もうお互いを
投げ出してしまう

ツグミ

わたしは　ツグミ
わたしの　ことばが
とどく人にだけ
歌を　うたおう

その歌が
垂《た》れこめた雲を越え
青空にひろがるように

ことばが
手で払《はら》われ
羽をむしりとられ
かなしい歌を　ひとりで
うたわないために

わたしの　ことばを
だきしめてくれる人にだけ
わたしだけの
歌を　うたおう

V

レイコちゃん

子猫《こねこ》

車に轢《ひ》かれた
灰色の子猫

生と死の境《さかい》の
細い細い銀線《ぎんせん》を
瞬時《しゅんじ》に越えてしまった

跳《は》ねながら走ってきた
おまえを
たった今高速《こうそく》の光に乗ってしまった
おまえを

両てのひらに
抱き上げた

居合わせた私には
他のどんな術《すべ》もなく

小さな悲鳴と
この両の手に載《の》った
たしかな重みと
温かい乳臭《ちちくさ》い柔《やわ》らかな命を

覚えているだけ

尾長《おなが》

初冬の早朝
黄葉した公孫樹《いちょう》をめがけ
飛び交っているのは
七、八羽の
あれは　尾長

くっきりとした
空の青を
揺れるように

游《およ》ぐ

空の青に
長い尾の青を振りまいて
あれは
幸福の光の粉？

ある朝
一羽の尾長が
地面に横たわっていた
青い尾を青いままに

おまえは
空を游いでいるのか
遠ざかる意識のなかで
幸福の光の粉に包まれて

一羽の
尾長よ
青い精霊《せいれい》よ

転落

崖下《がけした》の闇《やみ》
動かない体は
確《たし》かに自分のものだが

ここと向こうの間には
さらさらと水が流れる

流れる水に
父母の顔が浮かぶ

向こうへ行くときは

どんな強い力が及ぶのか

崖下の冷たい土に
横たわりながら
静かな安堵《あんど》の中にいた

今までいた自分の場所が
外界《がいかい》になってしまう
その瞬間には

さらさらと
さらさらと
水が流れる

墓標《ぼひょう》

潮が　ひいて
むき出しにされた
海の底

その砂に
白い花が　咲く
花畑のように
どこまでも

これも
命の　かず
海で生きていた
貝の　墓標

レイコちゃん

プラタナスの
若葉の下で
レイコちゃんに初めて会った
透《す》かし模様《もよう》の
白いカーディガンをはおり
ほほえむと
遠い木立の葉を揺《ゆ》らす
そよ風のようだった

友だちの中にいて
はじけるような
友だちの中にいて
レイコちゃんは
白い花のように
すわっていた

みんなの話を
ひとしきり聞いて
やっと
「わたしね…」と
話すのだった

ベッドの上の
レイコちゃんは
やっぱり
白い花のようだった
命の白い炎を
自《みずか》らの裡《うち》に
しっかり抱《だ》きしめて
そして
わたしたちと
泣いた

また
若葉の季《とき》に
なりました

遠くの木立の
てっぺんのあたりの
葉が揺れると
「あ、
レイコちゃん…」と
友だちを失《うしな》ったのは
初めてで

トラックの白いテープを切って
レイコちゃんがゴールして
「だいじょうぶだよ」と
わたしたちを振り返って
ほほえんでるような

若い母親

彼女は小さな布《ぬの》のバッグを提《さ》げ
立っていた
台風が近づいたせいか
南風が街路樹をさわがせる
彼女の瞳は
その奥にちいさな泉が
潜《ひそ》んでいるようだった

人身事故で電車が止まり

皆足止《あしど》めを食ってしまった
けれど
彼女の不安げな様子は
ほかの人と違っていた

「子供を保育所に預けているのに、
約束の時間を過ぎてしまって」

「子供は十一ヵ月の赤ん坊で、
預けはじめて三日目で、
泣いているのじゃないかと」

あんなふうに不安だった
私も若い母親だった
彼女の子供を思うひたむきさに
私は深く反省した

私ももう歳を重ねてしまったが
かつてあんなにも子供に
柔《やわ》らかな熱《あつ》い心を向けたのだと

私ももう一度母親になって
それから死ぬことにしよう
ひたむきな心を思い出し

一人の母親として
死んでゆこう

あとがき

〈銀の鈴社〉から五冊目の詩集になりました。

その間に二十余年の歳月が流れました。


生きるのが辛いときもあるでしょうが、どうかいただいた命を精一杯生きてほしいと思います。

私は、毎日高齢者と接する仕事をしていますが、人生の先達として教えられることばかりです。

皆さんも、自分の知恵と勇気で、人生を切り開いていってほしいと思います。

『とうちゃん』でお世話になった織茂恭子さんに再び絵を描いていただきました。

ありがとうございました。

二〇一五年十一月二十三日

たかはし　けいこ

詩・たかはし　けいこ
愛媛県生まれ。
著書に『おかあさんのにおい』『とうちゃん』『わたし』『そのあとひとは』（以上銀の鈴社）など。
東京都在住。

絵・織茂恭子（おりも　きょうこ）

群馬県生まれ。

東京芸術大学油絵科卒業。

『ちさとじいたん』（現在は岩崎書店刊）で絵本にっぽん大賞受賞。『へんなかくれんぼ』（のら書店刊）で赤い鳥さしえ賞受賞。

主な仕事に『海からきたじいちゃん』『まるまるころころ』『さんさんさんかく』『かくかくしかく』（童心社刊）、『おかえし』『トイレとっきゅう』『まいごのまめのつる』『へんてこ美術館』（福音館書店刊）、『まよなかのかくれんぼ』（リーブル刊）、『きつねの窓』（ポプラ社刊）、『阪田寛夫全詩集』（理論社刊）。

東京都在住。

NDC911
神奈川　銀の鈴社　2015
90頁　21cm（流れ星）

ジュニアポエムシリーズ　255　2015年12月25日発行
本体1,600円＋税

流れ星

著　者　詩・たかはし　けいこ©　絵・織茂　恭子©
発行者　柴崎聡・西野真由美
編集発行　㈱銀の鈴社 TEL 0467-61-1930　FAX 0467-61-1931
〒248-0005　神奈川県鎌倉市雪ノ下3-8-33
http://www.ginsuzu.com
E-mail　info@ginsuzu.com

ISBN978－4－87786－259－6　C8092　印刷　電算印刷
落丁・乱丁本はお取り替え致します　製本　渋谷文泉閣

…ジュニアポエムシリーズ…

1 鈴木敏史詩集 宮下琢郎・絵 星の美しい村 ★☆
2 小池知子詩集 高志孝子・絵 おにわいっぱいぼくのなまえ ★☆
3 鶴岡千代子詩集 武田淑子・絵 白い虹 児文芸新人賞
4 楠木しげお詩集 久保雅勇・絵 カワウソの帽子
5 津坂治男詩集 垣内美穂・絵 大きくなったら ★◇
6 後藤れい子詩集 山本まつ子・絵 あくたれぼうずのかぞえうた
7 北村蔦子詩集 柿本幸造・絵 あかちんらくがき
8 吉田瑞穂詩集 吉田翠・絵 しおまねきと少年 ⊠★◎
9 新川和江詩集 葉祥明・絵 野のまつり ★☆
10 阪田寛夫詩集 織茂恭子・絵 夕方のにおい ◈★☆○
11 高田敏子詩集 若山憲・絵 枯れ葉と星 ★☆
12 原田直友詩集 吉田翠・絵 スイッチョの歌 ★◎
13 小林純一詩集 久保雅勇・絵 茂作じいさん ◉★☆●◎
14 谷川俊太郎詩集 長新太・絵 地球へのピクニック ★◎
15 与田準一詩集 深沢省三・深沢紅子・絵 ゆめみることば ★
16 岸田衿子詩集 中谷千代子・絵 だれもいそがない村
17 江間章子詩集 榊原直美・絵 水と風 ◇◎
18 原田直友詩集 小野まり・絵 虹—村の風景— ★
19 福田正夫詩集 福田達夫・絵 星の輝く海 ★☆
20 草野心平詩集 長野ヒデ子・絵 げんげと蛙 ★☆○◇
21 宮田滋子詩集 青木まさる・絵 手紙のおうち ☆○
22 久保田昭三詩集 斎藤彬子・絵 のはらでさきたい
23 鶴岡千代子詩集 加倉井和夫・武田淑子・絵 白いクジャク ★●
24 尾上尚子詩集 まど・みちお・絵 そらいろのビー玉 児文協新人賞 ★☆
25 水上紅詩集 深沢紅子・絵 私のすばる ☆
26 野呂昶詩集 福島一二三・絵 おとのかだん ★
27 こやま峰子詩集 武田淑子・絵 さんかくじょうぎ ☆
28 青戸かいち詩集 駒宮録郎・絵 ぞうの子だって
29 まきたかし詩集 福田達夫・絵 いつか君の花咲くとき ★☆♡
30 薩摩忠詩集 駒宮録郎・絵 まっかな秋 ★☆♡
31 新川和江詩集 福島一二三・絵 ヤァ！ヤナギの木 ★☆○♡
32 井上靖詩集 駒宮録郎・絵 シリア沙漠の少年 ★☆♡
33 古村徹三 詩・絵 笑いの神さま
34 江上波夫詩集 青空風太郎・絵 ミスター人類 ○☆
35 秋原秀夫詩集 鈴木義治・絵 風の記憶 ★◎
36 水村三千夫詩集 武田淑子・絵 鳩を飛ばす
37 久冨純江詩集 渡辺安芸夫・絵 風車 クッキングポエム
38 日野生三詩集 吉野晃希男・絵 雲のスフィンクス ★
39 佐藤雅子詩集 佐藤太清・広瀬きよみ・絵 五月の風 ★
40 小黒恵子詩集 武田淑子・絵 モンキーパズル ★
41 木村信子詩集 山本典子・絵 でていった
42 中野栄子詩集 吉田翠・絵 風のうた ☆
43 宮田滋子詩集 牧村慶子・絵 絵をかく夕日 ★
44 大久保テイ子詩集 渡辺安芸夫・絵 はたけの詩 ★☆
45 秋原秀夫詩集 赤星亮衛・絵 ちいさなともだち ♥

☆日本図書館協会選定
★全国学校図書館協議会選定（SLA）
□少年詩賞　■茨城県すいせん図書
○厚生省中央児童福祉審議会すいせん図書
●日本童謡賞　♧岡山県選定図書
♡日本子どもの本研究会選定
♥秋田県選定図書
♣愛媛県教育会すいせん図書
◇岩手県選定図書
◆京都府選定図書
⊠芸術選奨文部大臣賞
◉赤い鳥文学賞　◈赤い靴賞

…ジュニアポエムシリーズ…

No.	著者	書名	記号
46	日友靖子詩集　藤城清治・安西明美・絵	猫曜日だから	☆◆
47	秋葉てる代詩集　武田淑子・絵	ハープムーンの夜に	♡
48	こやま峰子詩集　山本省三・絵	はじめのいーっぽ	♡★
49	黒柳啓子詩集　金子滋・絵	砂かけ狐	♡
50	三枝ますみ詩集　武田淑子・絵	ピカソの絵	♡☆●
51	夢虹二詩集　武田淑子・絵	とんぼの中にぼくがいる	○♡♥
52	はたちよしこ詩集　まど・みちお・絵	レモンの車輪	□♧
53	大岡信詩集　葉祥明・絵	朝の頌歌	☆★♥♡◎
54	吉田瑞穂詩集　吉田翠・絵	オホーツク海の月	☆♡★
55	さとう恭子詩集　村上保・絵	銀のしぶき	☆♡★
56	星乃ミミナ詩集　葉祥明・絵	星空の旅人	☆♡★
57	葉祥明詩・絵	ありがとう そよ風	★♡▲
58	青戸かいち詩集　初山滋・絵	双葉と風	
59	小野ルミ詩集　和田誠・絵	ゆきふるるん	☆♡★●
60	なぐもはるき詩・絵	たったひとりの読者	♡♧★
61	小関秀夫詩集　小倉玲子・絵	風《かざ》栞《しおり》	♡♥★
62	海沼松世詩集　守下さおり・絵	かげろうのなか	☆♡
63	山本龍生詩集　小倉玲子・絵	春行き一番列車	♡
64	小泉周二詩集　深沢省三・絵	こもりうた	☆♡★
65	かわてせいぞう詩集　若山憲・絵	野原のなかで	★♥♡
66	えぐちまき詩集　赤星亮衛・絵	ぞうのかばん	◆♥♡
67	池田あきつ詩集　小倉玲子・絵	天気雨	♡
68	藤井則行詩集　君島美知子・絵	友へ	♡♤
69	藤哲生詩集　武田淑子・絵	秋いっぱい	★♠
70	日友靖子詩集　深沢紅子・絵	花天使を見ましたか	★
71	吉田瑞穂詩集　吉田翠・絵	はるおのかきの木	★
72	小島禄琅詩集　中村陽子・絵	海を越えた蝶	★♡☆♥
73	にしおまさこ詩集　杉田幸子・絵	あひるの子	★
74	山下竹二詩集　徳田徳志芸・絵	レモンの木	★
75	高崎乃理子詩集　奥山英俊・絵	おかあさんの庭	★♡
76	檜きみこ詩集　広瀬弦・絵	しっぽいっぽん	●☆♡★□
77	たかはしけいこ詩集　高田三郎・絵	おかあさんのにおい	♡♣□
78	星乃ミミナ詩集　深澤邦朗・絵	花かんむり	☆♡♥
79	佐藤照雄詩集　津波信久・絵	沖縄 風と少年	☆♡★
80	相馬梅子詩集　やなせたかし・絵	真珠のように	♥★
81	小島禄琅詩集　深沢紅子・絵	地球がすきだ	★
82	鈴木美智子詩集　黒澤梧郎・絵	龍のとぶ村	◇★♥
83	いがらしれいこ詩集　高田三郎・絵	小さなてのひら	☆
84	宮入黎子詩集　小倉玲子・絵	春のトランペット	☆★
85	下田喜久美詩集　方振寧・絵	ルビーの空気をすいました	☆
86	野呂昶詩集　方振寧・絵	銀の矢ふれふれ	★
87	ちよはらまちこ詩集　ちよはらまちこ・絵	パリパリサラダ	★
88	秋原秀夫詩集　徳田徳志芸・絵	地球のうた	☆★
89	中島あやこ詩集　井上緑・絵	もうひとつの部屋	★
90	藤川こうのすけ詩集　葉祥明・絵	こころインデックス	☆

✲サトウハチロー賞　✢毎日童謡賞
☼三木露風賞
♤福井県すいせん図書
▲神奈川県児童福祉審議会推薦優良図書
♠奈良県教育研究会すいせん図書
❖北海道選定図書　❀三越左千夫少年詩賞
⊕静岡県すいせん図書
◎学校図書館図書整備協会選定図書（SLBA）

…ジュニアポエムシリーズ…

- 91 新井　和詩集　高田三郎・絵　おばあちゃんの手紙 ☆★
- 92 はなわたえこ詩集　えばとかつこ・絵　みずたまりのへんじ ★●
- 93 柏木恵美子詩集　武田淑子・絵　花のなかの先生 ☆
- 94 中原千津子詩集　寺内直美・絵　鳩への手紙 ★
- 95 高瀬美代子詩集　小倉玲子・絵　仲なおり ★
- 96 杉本深由起詩集　若山　憲・絵　トマトのきぶん ☆★◎ 児文芸新人賞
- 97 宍倉さとし詩集　守下さおり・絵　海は青いとはかぎらない ♧
- 98 石井英行詩集　有賀　忍・絵　おじいちゃんの友だち ■
- 99 なかのひろ詩集　アサト・シェラ・絵　とうさんのラブレター ☆★
- 100 小松静江詩集　藤川秀之・絵　古自転車のバットマン
- 101 石原一輝詩集　加藤真夢・絵　空になりたい ☆✤★
- 102 小泉周二詩集　西　真里子・絵　誕生日の朝 ☆■★
- 103 くすのきしげのり童謡　わたなべあきお・絵　いちにのさんかんび ☆★
- 104 成本和子詩集　小倉玲子・絵　生まれておいで ☆★✤♡♧
- 105 伊藤政弘詩集　小倉玲子・絵　心のかたちをした化石 ★
- 106 川崎洋子詩集　井戸妙子・絵　ハンカチの木 □★☆
- 107 柘植愛子詩集　油野誠一・絵　はずかしがりやのコジュケイ ✤
- 108 新谷智恵子詩集　葉　祥明・絵　風をください ☆◈●♡✣☼
- 109 金親尚子詩集　牧　進・絵　あたたかな大地 ☆
- 110 黒柳啓子詩集　吉田　翠・絵　父ちゃんの足音 ☆★♡□
- 111 富田栄子詩集　油野誠一・絵　にんじん笛 ♡☆
- 112 原　国子詩集　高畠　純・絵　ゆうべのうちに ☆
- 113 宇部京子詩集　スズキコージ・絵　よいお天気の日に ○□●☆◇★
- 114 武鹿悦子詩集　牧野鈴子・絵　お花見 ☆□
- 115 山本なおこ詩集　梅田俊作・絵　さりさりと雪の降る日 ☆★
- 116 小林比呂古詩集　おおた慶文・絵　ねこのみち ☆
- 117 後藤れい子詩集　渡辺あきお・絵　どろんこアイスクリーム ☆
- 118 重清良吉詩集　高田三郎・絵　草の上 ☆□◆★
- 119 宮中雲子詩集　西　真里子・絵　どんな音がするでしょか ✲★
- 120 前山敬子詩集　若山　憲・絵　のんびりくらげ ☆★
- 121 川端律子詩集　若山　憲・絵　地球の星の上で ♡
- 122 たかはしけいこ詩集　織茂恭子・絵　とうちゃん ♡★♣
- 123 宮田滋子詩集　深澤邦朗・絵　星の家族 ☆●
- 124 国沢たまき詩集　唐沢　静・絵　新しい空がある
- 125 池田あきつ詩集　小倉玲子・絵　かえるの国 ★
- 126 黒田恵子詩集　倉島千賀子・絵　ボクのすきなおばあちゃん ☆★♡
- 127 垣内磯子詩集　宮崎照代・絵　よなかのしまうまバス ☆♡★
- 128 小泉周二詩集　佐藤平八・絵　太陽へ ☆♡★●
- 129 中島和子詩集　秋里信子・絵　青い地球としゃぼんだま ☆★
- 130 のろさかん詩集　福島一二三・絵　天のたて琴 ☆
- 131 加藤丈夫詩集　葉　祥明・絵　ただ今受信中 ☆★
- 132 北原悠子詩集　深沢紅子・絵　あなたがいるから ♡
- 133 池田もと子詩集　小倉玲子・絵　おんぷになって ♡
- 134 鈴木初江詩集　吉田　翠・絵　はねだしの百合 ★
- 135 垣内磯子詩集　今井　俊・絵　かなしいときには ★

△長野県教育委員会すいせん図書　✡㈶日本動物愛護協会推薦図書
◈茨城県推奨図書

…ジュニアポエムシリーズ…

136 秋葉てる代詩集 やなせたかし・絵 おかしのすきな魔法使い ●★
137 青戸かいち詩集 永田萠・絵 小さなさようなら ❀★
138 柏木恵美子詩集 高田三郎・絵 雨のシロホン ♡★
139 藤井則行詩集 阿見みどり・絵 春だから ♡★◎
140 黒田勲子詩集 山中冬二・絵 いのちのみちを
141 南郷芳明詩集 的場豊子・絵 花時計
142 やなせたかし 詩・絵 生きているってふしぎだな
143 内田麟太郎詩集 斎藤隆夫・絵 うみがわらっている
144 しまざきふみ詩集 島崎奈緒・絵 こねこのゆめ ♡
145 糸永えつこ詩集 武井武雄・絵 ふしぎの部屋から ♡
146 石坂きみこ詩集 鈴木英二・絵 風の中へ ♡
147 坂本のこ詩集 坂本こう・絵 ぼくの居場所 ♡
148 島村木綿子 詩・絵 森のたまご ❀
149 楠木しげお詩集 わたせせいぞう・絵 まみちゃんのネコ ★
150 牛尾良子詩集 上矢津・絵 おかあさんの気持ち ♡
151 三越左千夫詩集 阿見みどり・絵 せかいでいちばん大きなかがみ ★
152 水村三千夫詩集 高見八重子・絵 月と子ねずみ
153 川越文子詩集 横松桃子・絵 ぼくの一歩ふしぎだね ★
154 すずきゆかり詩集 葉祥明・絵 まっすぐ空へ
155 西田純詩集 葉祥明・絵 木の声水の声
156 清野倭文子詩集 水科舞・絵 ちいさな秘密《ひみつ》
157 川奈静詩集 直江みちる・絵 浜ひるがおはパラボラアンテナ ★◎
158 若木良水詩集 西真里子・絵 光と風の中で
159 牧陽子詩集 渡辺あきお・絵 ねこの詩 ★◎
160 宮田滋子詩集 阿見みどり・絵 愛一輪 ★◎
161 井上灯美子詩集 唐沢静・絵 ことばのくさり ☆●
162 滝波万理子詩集 滝波裕子・絵 みんな王《おう》様《さま》 ★●
163 冨岡みち詩集 関口コオ・絵 かぞえられへんせんぞさん ★
164 垣内磯子詩集 辻恵子・切り絵 緑色のライオン ★◎
165 すぎもとれいこ詩集 平井辰夫・絵 ちょっといいことあったとき ★
166 岡田喜代子詩集 おぐらひろかず・絵 千年の音 ★☆◎
167 川奈静詩集 直江みちる・絵 ひもの屋さんの空 ★◎☆♥♡
168 鶴岡千代子詩集 武田淑子・絵 白い花火 ★☆
169 井上灯美子詩集 唐沢静・絵 ちいさい空をノックノック ★◎☆
170 尾崎杏子詩集 ひなた山すじゅう郎・絵 海辺のほいくえん ☆♡★◎
171 柘植愛子詩集 やなせたかし・絵 たんぽぽ線路 ☆♡★◎●
172 小林比呂古詩集 うめざわのりお・絵 横須賀スケッチ ☆★◎♡▲
173 林佐知子詩集 串田敦子・絵 きょうという日 ☆★◎♡▲
174 後藤基宗子詩集 岡澤由紀子・絵 風とあくしゅ ☆♥★◎♡
175 土屋律子詩集 高瀬のぶえ・絵 るすばんカレー ☆♡★◎▲
176 三輪アイ子詩集 深沢邦朗・絵 かたぐるましてよ ★☆♡
177 田辺瑞美子詩集 西真里子・絵 地球賛歌 ☆★◎
178 高瀬美代子詩集 小倉玲子・絵 オカリナを吹く少女 ☆♡
179 中野惠子詩集 串田敦子・絵 コロボックルでておいで ★♡☆●
180 松井節子詩集 阿見みどり・絵 風が遊びにきている ★☆♡▲

…ジュニアポエムシリーズ…

181 新谷智恵子詩集 徳田徳志芸・絵 とびたいペンギン ♡★◎▲ 佐世保文学賞
182 牛尾良子詩集 牛尾征治・写真 庭のおしゃべり ♡★◎
183 三枝ますみ詩集 高見八重子・絵 サバンナの子守歌 ☆★
184 佐藤雅子詩集 佐藤太清・菊池治子・絵 空の牧《まき》場《ば》 ☆★♡■◎◈
185 山内弘子詩集 おぐらひろかず・絵 思い出のポケット ♡★●
186 山内弘子詩集 阿見みどり・絵 花の旅人 ♡★▲
187 原国子詩集 牧野鈴子・絵 小鳥のしらせ ♡★△◎
188 人見敬子詩・絵 方《はこ》舟《ぶね》地球号 ―いのちは元気― ♡★◎
189 林佐知子詩集 串田敦子・絵 天にまっすぐ ★☆♡◎
190 小臣富子詩集 渡辺あきお・絵 わんさかわんさかどうぶつさん ✡♡★◎
191 川越文子詩集 かまだちえみ・写真 もうすぐだからね ♡★◎
192 永田喜久男詩集 武田淑子・絵 はんぶんごっこ ☆★◎♡
193 吉田房子詩集 大和田明代・絵 大地はすごい ★◎♡
194 石井春香詩集 高見八重子・絵 人魚の祈り ★♡
195 石原一輝詩集 小倉玲子・絵 雲のひるね ♡
196 たかはしけいこ詩集 髙橋敏彦・絵 そのあと ひとは ★
197 宮田滋子詩集 おおた慶文・絵 風がふく日のお星さま ★♡◎
198 渡辺恵美子詩集 つるみゆき・絵 空をひとりじめ ★♡●
199 宮中雲子詩集 西真里子・絵 手と手のうた ★
200 杉本深由起詩集 太田大八・絵 漢字のかんじ ★♡❁
201 井上灯美子詩集 唐沢静・絵 心の窓が目だったら ★♡
202 峰松晶子詩集 おおた慶文・絵 きばなコスモスの道 ★♡
203 高橋文子詩集 山中桃子・絵 八丈太鼓 ★♡
204 長野貴子詩集 武田淑子・絵 星座の散歩 ★♡
205 江口正子詩集 高見八重子・絵 水の勇気 ♡☆★
206 藤本美智子詩・絵 緑のふんすい ☆♡★
207 林佐知子詩集 串田敦子・絵 春はどどど ♡★◎
208 小関秀夫詩集 阿見みどり・絵 風のほとり ☆♡★
209 宗美津子詩集 宗信寛・絵 きたのもりのシマフクロウ ♡★
210 かわてせいぞう詩集 髙橋敏彦・絵 流れのある風景 ☆♡★
211 土屋律子詩集 高瀬のぶえ・絵 ただいまぁ ★♡☆◎
212 永田喜久男詩集 武田淑子・絵 かえっておいで ☆♡★
213 みたみちこ詩集 牧進・絵 いのちの色 ♡★
214 糸永えつこ詩集 糸永わかこ・絵 母です 息子です おかまいなく ♡☆★
215 宮田滋子詩集 武田淑子・絵 さくらが走る ♡☆★●
216 柏木恵美子詩集 吉野晃希男・絵 ひとりぼっちの子クジラ ♡★◎
217 江口正子詩集 高見八重子・絵 小さな勇気 ♡☆★
218 井上灯美子詩集 唐沢静・絵 いろのエンゼル ★♡
219 中島あやこ詩集 日向山寿十郎・絵 駅伝競走 ★☆♡
220 高橋孝治詩集 高見八重子・絵 空の道 心の道 ★♡
221 江口正子詩集 日向山寿十郎・絵 勇気の子 ♡☆★
222 宮田滋子詩集 牧野鈴子・絵 白鳥よ ☆★
223 井上良子詩集 銅版画 太陽の指環 ★
224 川越文子詩集 山中桃子・絵 魔法のことば ♡☆★
225 西本みさこ詩集 上司かのん・絵 いつもいっしょ ☆♡

…ジュニアポエムシリーズ…

- 226 おばらいちこ詩集 高見八重子・絵 ぞうのジャンボ ☆★♡
- 227 吉田房子詩集 本田あまね・絵 まわしてみたい石臼 ★♡
- 228 吉田房子詩集 阿見みどり・絵 花　詩　集 ★♡◎
- 229 田中たみ子詩集 唐沢静・絵 へこたれんよ ★◎
- 230 林佐知子詩集 串田敦子・絵 この空につながる ★♡
- 231 藤本美智子 詩・絵 心のふうせん ★♡
- 232 火星雅範詩集 西川律子・絵 ささぶねうかべたよ ★♡▲
- 233 吉田房子詩集 岸田歌子・絵 ゆりかごのうた ★♡
- 234 むらかみみちこ詩集 むらかみみちこ・むらかみあくる・絵 風のゆうびんやさん ★♡
- 235 白谷玲花詩集 阿見みどり・絵 柳川白秋めぐりの詩 ★♡
- 236 ほさかとしこ詩集 内山つとむ・絵 神さまと小鳥 ★☆♡
- 237 内田麟太郎詩集 長野ヒデ子・絵 まぜごはん ☆★◎♡
- 238 小林比呂古詩集 出口雄大・絵 きりりと一直線 ♡★
- 239 牛尾良子詩集 おぐらひろかず・絵 うしの土鈴とうさぎの土鈴 ★◎♡
- 240 山本純子詩集 ルイコ・絵 ふ　ふ　ふ ★♡☆◎
- 241 神田亮 詩・絵 天使の翼 ★☆♡
- 242 かんざわみえ詩集 阿見みどり・絵 子供の心大人の心さ迷いながら ☆★◎
- 243 永田喜久男詩集 内山つとむ・絵 つながっていく ★☆♡
- 244 浜野木碧 詩・絵 海原散歩 ☆★◎♡
- 245 やまうち・しゅうへい詩集 山本省三・絵 風のおくりもの ☆★◎♡
- 246 すぎもとれいこ 詩・絵 てんきになあれ ★
- 247 冨岡みち詩集 加藤真夢・絵 地球は家族 ひとつだよ ♡☆
- 248 北野千賀詩集 滝波裕子・絵 花束のように ♡☆★
- 249 石原一輝詩集 加藤真夢・絵 ぼくらのうた ♡★
- 250 土屋律子詩集 高瀬のぶえ・絵 まほうのくつ ♡☆
- 251 津坂治男詩集 井上良子・絵 白い太陽 ☆
- 252 石井英行詩集 よしだちなつ・表紙絵 野原くん ☆
- 253 井上灯美子詩集 唐沢静・絵 たからもの
- 254 大竹典子詩集 加藤真夢・絵 おたんじょう
- 255 たかはしけいこ詩集 織茂恭子・絵 流れ星

＊刊行の順番はシリーズ番号と異なる場合があります。

ジュニアポエムシリーズは、子どもにもわかる言葉で真実の世界をうたう個人詩集のシリーズです。

本シリーズからは、毎回多くの作品が教科書等の掲載詩に選ばれており、1974年以来、全国の小・中学校の図書館や公共図書館等で、長く、広く、読み継がれています。

心を育むポエムの世界。

一人でも多くの子どもや大人に豊かなポエムの世界が届くよう、ジュニアポエムシリーズはこれからも小さな灯をともし続けて参ります。